À mes grands-pères,
à Joël et Stéphane

© 2001, l'école des loisirs, Paris
Loi n° 49.956 du 16 juillet 1949 sur les publications destinées à la jeunesse :
septembre 2001
Dépôt légal : septembre 2001
Imprimé en France par Jean Lamour à Maxéville

Emmanuelle Zicot

En attendant la pluie

ou

L'eau, c'est la vie

Illustrations d'Emmanuelle Zicot
Texte d'Emmanuelle Zicot et de Pierre Bertrand

ARCHIMÈDE
l'école des loisirs
11, rue de Sèvres, Paris 6e

La plupart des gens se plaignent qu'il pleuve trop souvent. Ils voudraient du soleil tous les jours. Pourtant, dans la lointaine savane africaine, le soleil chauffe si fort que le paysage tremble à l'horizon. Du plus grand éléphant au plus petit insecte, tous les animaux de la savane attendent la pluie avec impatience : leur vie en dépend.

Comme les autres, les guépards attendent la saison des pluies.
Avec elle reviendront les grands troupeaux et les chasses faciles.
Depuis que les gazelles sont parties vers des terres plus verdoyantes,
il n'y a plus assez de proies pour tous. Ces jeunes mâles sont inquiets.
Si la pluie n'arrive pas, ce sera la famine !

Et, cette année, la pluie ne vient pas. La savane se dessèche,
le sol se craquelle, la végétation jaunit. Une femelle guépard est à l'affût
sur un arbre mort. Elle a deux petits, aussi n'a-t-elle pas pu suivre
les gazelles. Comment nourrir sa progéniture ?
Grâce à sa vue perçante, elle aperçoit quelques zèbres buvant
l'eau d'une des dernières mares. Si elle parvient à s'approcher
assez près sans être repérée, elle a peut-être sa chance…

Des cris aigus retentissent dans les herbes sèches :
les deux petits appellent. Ils sont trop jeunes
pour accompagner leur mère. Mais il faut pourtant que
celle-ci rapporte à manger. Elle les emmène donc
dans une cachette sûre avant de partir en chasse.
À cette heure de la journée, elle ne craint pas de
concurrents : il fait déjà trop chaud pour les autres félins.

La mère guépard a pu s'approcher des zèbres. Elle touche à peine le sol de ses pattes légères. Mais, soudain, une brindille craque et un oiseau s'envole, effrayé. L'alarme est donnée ! Les zèbres s'enfuient au galop dans la plaine, mais la course est trop rapide pour le petit qui les accompagne. La mère guépard le rattrape facilement et, d'un coup de patte, le fait rouler dans la poussière. À bout de souffle, elle s'allonge quelques minutes à côté de sa proie. Puis elle l'emporte avant que les hyènes ne viennent lui voler son repas.

Les petits guépards n'ont pas assisté à la chasse.
Cachés près d'une mare voisine, ils sont attentifs à tout
ce qui se passe. Un éléphant se roule dans la boue
en soufflant. La boue protégera sa peau des parasites.
Quelques gazelles retardataires passent par là.
Elles pourront se désaltérer dès que le pachyderme
sera parti. Quelle aubaine !

Sous la patte d'un petit guépard, quelque chose a bougé : c'est un crapaud,
qui file se mettre à l'abri dans l'eau. Poussés par la curiosité, les jeunes félins
oublient toute prudence et quittent leur cachette pour suivre l'étrange animal.
Les voici au bord de l'eau. Alors qu'ils s'approchent, un crocodile,
camouflé dans la boue, arrive soudain sur eux, la gueule grande ouverte.
Il manque de peu les petits guépards, qui détalent à toute vitesse.

La mère retrouve ses petits tout tremblants près du vieux tronc. Inquiète de ne pas les avoir trouvés dans leur cachette, elle les cherchait depuis plus d'une heure. C'est un miracle que les jeunes guépards aient échappé au crocodile ! Pour se rassurer, rien ne vaut les caresses et les coups de langue. La mère a mangé, puis elle a donné un peu de viande à ses petits afin de les y habituer. Le soleil se couche, la nuit sera bientôt là. Les petits s'endorment.

À l'aube, la savane se réveille avec les rugissements des lions.
Tout à coup, un bruit de sabots alerte la mère guépard.
Ce sont trois girafes qui passent par là, à quelques pas
de la famille. Elles sont inoffensives, mais
il ne faudrait pas que l'une d'elles marche
sur un petit par mégarde.
La mère se précipite pour les éloigner.

La pluie ne vient toujours pas,
la savane est plus sèche que jamais.
Le dernier troupeau de gnous
se dirige vers des nuages lointains,
soulevant des colonnes de poussière.
Il a peut-être plu là-bas.
La pluie, c'est une promesse
d'herbe tendre. Ici, il n'y aura bientôt
plus d'herbe et la température
devient insupportable.
La plupart des animaux se tapissent
à l'ombre, sans forces.

Mais un jour, vers midi, l'air devient vraiment étouffant. La mère guépard a senti quelque chose, car elle lève la tête vers le ciel et renifle l'air à petits coups.
De gros nuages noirs et lourds surgissent de l'horizon et s'approchent lentement.
Soudain, de grands éclairs illuminent l'horizon et des grondements de tonnerre roulent sur la savane. Les petits, effrayés, se blottissent contre leur mère.
C'est leur premier orage, mais leur instinct leur dit que ce spectacle inquiétant annonce une bonne surprise.

La pluie ! Enfin la pluie ! Après les premières gouttes timides,
des cascades d'eau tombent du ciel. C'est un vrai déluge
dont les animaux cherchent à s'abriter, tant la pluie est violente.
Dans quelques heures, la rivière se remplira et, bientôt, la savane reverdira.
Les petits guépards ont compris que la pluie est un bienfait :
grâce à elle, ils ont une chance de survivre et peut-être, un jour,
pourront-ils avoir des petits à leur tour.

Le guépard (*Acinonyx jubatus*) vivait autrefois dans toutes les régions sèches, déserts et savanes, de l'Afrique, de l'Arabie et d'Asie Mineure jusqu'en Inde. Aujourd'hui, il a disparu de beaucoup de régions et c'est surtout en Namibie et au Kenya que les guépards sont encore assez nombreux. C'est le plus rapide de tous les mammifères puisqu'il peut atteindre 110 km/h et, d'ailleurs, sa morphologie est parfaitement adaptée à cette course rapide, ce qui en fait un félin assez différent des autres membres de la famille des Félidés (lion, panthère, jaguar…).

Les femelles vivent seules, sauf lorsqu'elles élèvent leurs petits. Les bébés guépards sont en général au nombre de trois à cinq et portent une fourrure grise et laineuse, qui aide certainement à les camoufler. Ils restent dans la tanière six à huit semaines, nourris du lait de leur mère. Ils commencent ensuite à sortir en compagnie de leur mère, qui tue des proies qu'ils pourront dévorer.

Le début de la vie des jeunes guépards est très dangereux. Dans certaines régions, on s'est rendu compte qu'énormément de bébés guépards meurent avant l'âge de trois mois. Beaucoup sont tués par les lions, les hyènes, les chacals et les rapaces. Leur mère essaie de les protéger au mieux, en trouvant une tanière bien camouflée, et en les changeant souvent de place.

À quatre mois, les jeunes guépards deviennent plus agiles et peuvent plus facilement échapper aux prédateurs; leur fourrure change et ils commencent leur vie nomade, se déplaçant en suivant les troupeaux de gazelles. Comme tous les petits mammifères, c'est en jouant entre eux qu'ils apprennent les gestes de la chasse et s'entraînent à devenir de rapides coureurs.

Les guépards se nourrissent exclusivement de leurs propres proies, et non de charognes, et il leur faut à peu près 3 kg de viande par jour. Les jeunes guépards ne deviennent bons chasseurs que vers trois ans; jusque-là, ils restent en petits groupes, ce qui leur permet d'être plus efficaces pour attraper des proies. Ils s'attaquent souvent aux gazelles, impalas ou lièvres, mais parfois à de plus gros animaux comme les gnous. Ce sont les animaux faibles ou les jeunes qui sont chassés de préférence.

Le guépard repère sa proie en montant sur une termitière ou une branche basse, puis s'en approche le plus près possible sans se faire voir; lorsqu'il est à environ 50 mètres, il se lance à la poursuite de sa victime, la renverse et l'étouffe en la mordant à la gorge.

Les guépards se font souvent voler leur nourriture par les autres carnivores, surtout en période sèche, lorsque les proies sont rares, les herbivores étant partis en migration vers des régions plus humides pour trouver de l'herbe.

Lors de la saison sèche, lorsque l'eau manque, les guépards peuvent pratiquement se passer de boire, et manger des melons du désert, voire boire l'urine des proies. Mais ils profitent aussi de ces périodes de sécheresse pour attaquer des animaux affaiblis par la soif.

Géraldine Véron
du Muséum national
d'histoire naturelle de Paris
Zoologie – mammifères
et oiseaux

EN BREF

Nom: Guépard, *Acinonyx jubatus*, famille des Félidés (le chat et ses cousins).

Taille et poids: 1,20-1,40 m de long (+ queue: 65-80 cm), 75 cm au garrot, 40 à 65 kg.

Habitat: Savanes africaines. A probablement disparu du Moyen-Orient et d'Asie Centrale. En voie de raréfaction.

Alimentation: Carnivore, il chasse gazelles, antilopes, lièvres, jeunes zèbres. A besoin de 3 kg de viande par jour.

Reproduction: Après 95 jours de gestation, la femelle met au monde trois à cinq petits qu'elle élève seule. Sevrage à trois mois, maturité sexuelle à deux ans.

Territoire: Jusqu'à 80 km² pour les femelles, moins pour les mâles, qui sont plus sédentaires. Les femelles peuvent suivre les herbivores à la saison sèche.

Mode de vie: Diurne. Les femelles et les mâles dominants sont solitaires et territoriaux, les jeunes mâles vagabondent en petites troupes.

Particularités: L'animal terrestre le plus rapide du monde : jusqu'à 90 km/h, voire 120 (sans preuves), sur de courtes distances.